# 紅樓夢第十一回

## 慶壽辰寧府排家宴　見熙鳳賈瑞起淫心

話說是日賈敬的壽辰賈珍先將上等可吃的東西稀奇的菓品裝了十六大捧盒着賈蓉帶領家下人送與賈敬去向賈蓉說道你留神看太爺喜歡不喜歡你就行了禮起來說父親遵太爺的話不敢前來在家裡率領合家都朝上行了禮了賈蓉聽罷即率領家人去了這裡漸漸的就有人來先是賈璉賈薔來看了各處的座位并問有什麼頑意兒沒有家人答道我們爺算計本來請太爺今日來家所以並未敢預備頑意兒前日聽見太爺不來了現叫奴才們找了一班小戲兒並一檔子打



十番的都在園子裡戲臺上預備着呢次後邢夫人王夫人鳳姐兒寶玉都來了賈珍並尤氏接了進去尤氏的母親已先在這裡大家見過了彼此讓了坐賈珍尤氏二人遞了茶因笑道老太太原是個老祖宗我父親又是姪兒這樣年紀日子原不敢請他老人家來但是這時候天氣又凉爽滿園的菊花盛開請老祖宗過來散散悶看看衆兒孫熱熱鬧鬧的是這個意思誰知老祖宗又不賞臉鳳姐兒未等王夫人開口先說道老太太昨日還說要來呢因為晚上看見寶兄弟吃桃兒他老人家又嘴饞了吃了有大半個五更天時候就一連起來了兩次今日早晨略覺身子倦些因叫我回太爺今日斷不能來了說有

好吃的要幾樣還要狠爛的呢賈珍聽了笑道我說老祖宗是愛熱鬧的今日不來必定有個緣故這就是了王夫人說前日聽見你大妹妹說蓉哥媳婦身上有些不大好到底是怎麼樣尤氏道他這個病得的也奇上月中秋還跟着老太太太太頑了半夜回家來好好的到了二十日已後一日比一日覺懶了又懶得吃東西這將近有半個多月經期又有兩個月沒來邢夫人接着說道莫是喜罷正說着外頭人回道大老爺二老爺並一家的爺們都來了在廳上呢賈珍連忙出去了這裡尤氏復說從前大夫也有說是喜的昨日馮紫英荐了他幼時從學過的一個先生醫道狠好瞧了說不是喜是一個大症候昨日開了方子吃了一劑藥今日頭眩的略好些別的仍不見大效



鳳姐兒道我說他不是十分支持不住今日這樣日子再也不肯不掙扎着上來尤氏道你是初三日在這裡見他的他強扎掙了半天也是因你們娘兒兩個好的上頭還戀戀的捨不得去鳳姐聽了眼圈兒紅了一會子方說道天有不測風雲人有旦夕禍福這點年紀倘或因這病上有個長短人生在世有甚麼趣兒正說着賈蓉進來給邢夫人王夫人鳳姐兒都請了安方回尤氏道方纔我給太爺送吃食去並回說我父親在家伺候老爺們款待一家子的爺們遵太爺的話並不敢來太爺聽了甚歡喜說這纔是叫告訴父親母親好生伺候太爺太太們

叫我好生伺候叔叔嬸子并哥哥們還說那陰隲文叫他們急急刻出來印一萬張散人我將此話都回了我父親了我這會子還得快出去打發太爺們并合家爺們吃飯鳳姐兒說蓉哥兒你且站着你媳婦今日到底是怎麽着賈蓉皺皺眉兒說道不好麽嬸子回來瞧瞧去就知道了于是賈蓉出去了這裡尤氏向邢夫人王夫人道太太們在這裡吃飯還是在園子裡吃去有小戲兒現在園子裡預備着呢王夫人向邢夫人道這裡很好尤氏就吩咐媳婦婆子們快擺飯來門外一齊答應了一聲都各人端各人的去了不多時擺上了飯尤氏讓邢夫人王夫人並他母親都上坐了他與鳳姐兒寶玉側席坐了邢夫人王夫人道我們來原爲給大老爺拜壽這豈不是我們來過生日來了麽鳳姐兒說大老爺原是好養靜的巳修煉成了也算得是神仙了太太們這麽一說就叫做心到神知了一句話說得滿屋裡都笑起來尤氏的母親並邢夫人王夫人鳳姐兒都吃了飯漱了口淨了手纔說要往園子裡去賈蓉進來向尤氏道老爺們並各位叔叔哥哥們都吃了飯了大老爺說家裡有事二老爺是不愛聽戲又怕人鬧的慌都去了別的一家子爺們被璉二叔並薔大爺都讓過去聽戲去了方纔南安郡王東平郡王西寧郡王北静郡王四家王爺並鎮國公牛府等六家忠靖侯史府等八家都差人持名帖送壽禮來俱回了我父親

先收在賬房裡禮单都上了檔子了領謝名帖都交給各家的來人了來人也各照例賞過都讓吃了飯去了母親說請二位太太老娘嬸子都過園子裡去坐着罷尤氏道也是纔吃完了飯就要過去了鳳姐兒說我同太太我先瞧瞧蓉哥媳婦去我再過去罷王夫人道很是我們都要去瞧瞧倒怕他嫌我們鬧的慌說我們問他好罷尤氏道好妹妹媳婦聽你的話你去開導開導他我也放心你就快些過園子裡來寶玉也要跟着鳳姐兒去瞧秦氏王夫人道你看看就過去罷那是姪兒媳婦呢于是尤氏請了王夫人邢夫人並他母親都過會芳園去了鳳姐兒寶玉方和賈蓉到秦氏這邊來進了房門悄悄的走到裡



間房內秦氏見了要站起來鳳姐兒說快別起來看頭暈于是鳳姐兒緊行了兩步拉住了秦氏的手說道我的奶奶怎麽幾日不見就瘦的這樣了于是就坐在秦氏坐的褥子上寶玉也問了好在對面椅子上坐了賈蓉叫快倒茶來嬸子和二叔在上房還未吃茶呢秦氏拉着鳳姐兒的手强笑道這都是我没福這樣人家公公婆婆當自家的女兒似的待嬸娘你姪兒雖說年輕却是他敬我我敬他從來没有紅過臉兒就是一家子的長輩同輩之中除了嬸子不用說了别人也從無不疼我的也從無不和我好的如今得了這個病把我那要强的心一分也没有了公婆面前未得孝順一天兒就是嬸娘這樣疼我我

就有十分孝順的心如今也不能彀了我自想着未必熬得過年去寶玉正把眼瞅着那海棠春睡圖并那秦太虛寫的嫩寒鎖夢因春冷芳氣襲人是酒香的對聯不覺想起在這裡睡晌覺時夢到太虛幻境的事來正在出神聽得秦氏說了這些話如萬箭攢心那眼淚不覺流下來了鳳姐兒見了心中十分難過但恐病人見了這個樣子反添心酸倒不是來開導他勸解他的意思了說寶玉你忒婆婆媽媽的了他病人不過是這樣說那裡就到這田地況且年紀又不大略病病就好又回向秦氏道你別胡思亂想豈不是自家添病了麼賈蓉道他這病也不用別的只吃得下些飯食就不怕了鳳姐兒道寶兄弟太太叫你快些過去呢你倒別在這裡只管這麼着倒招得媳婦也心裡不好過太太那裡又惦着你因向賈蓉說道你先同寶叔過去我還略坐坐呢賈蓉聽說卽同寶玉過會芳園去了這裡鳳姐兒又勸解了一番又低低說了許多衷腸話兒尤氏打發人來了兩三遍鳳姐兒纔向秦氏說道你好生養着我再來看你罷合該你這病要好了所以前日遇着這個好大夫再也是不怕的了秦氏笑道任憑他是神仙治了病治不了命嬸子我知道這病不過是挨日子的鳳姐兒說道你只管這麼想這那裡能好呢總要想開了纔好況且聽得大夫說若是不治怕的是春天不好偺們若是不能吃人參的人家也難說了你公公

婆婆聽見治得好別說一日二錢人參就是二斤也吃得起好生養着罷我就過園子裡去了秦氏又道嬸子恕我不能跟過去了閑了的時候還求過來瞧瞧我呢偺們娘兒們坐坐多說幾句閑話兒鳳姐兒聽了不覺眼圈兒又紅了說道我得了閑兒必常來看你于是帶着跟來的婆子媳婦們並寧府的媳婦婆子們從裡頭繞進園子的便門來只見

黄花滿地白柳橫坡小橋通若耶之溪曲徑接天台之路石中清流滴滴籬落飄香樹頭紅葉翩翩疎林如畫西風乍緊猶聽鶯啼煖日當暄又添蛩語遙望東南建幾處依山之榭近觀西北結三間臨水之軒笙簧盈座別有幽情羅綺穿林倍添韵致

鳳姐兒正看園中景致一步步行來正讚賞時猛然從假山石後走出一個人來向前對鳳姐說道請嫂子安鳳姐兒猛一驚將身往後一退說道這是瑞大爺不是賈瑞說道嫂子連我也不認得了鳳姐兒道不是不認得猛然一見想不到是大爺在這裡賈瑞道也是合該我與嫂子有緣我方纔偷出了席在這裡清淨地方略散一散不想就遇見嫂子這不是有緣麽一面說着一面拿眼睛不住的覷看鳳姐鳳姐是個聰明人見他這個光景如何不猜八九分呢因向賈瑞假意含笑道怪不得你哥哥常提你說你好今日見了聽你這幾句話兒就知道你是

個聰明和氣的人了這會子我要到太太們那邊去呢不得合你說話等閒了再會罷賈瑞道我要到嫂子家裡去請安又怕嫂子年輕不肯輕易見人鳳姐又假笑道一家骨肉說什麼年輕不年輕的話賈瑞聽了這話心中暗喜因想道再不想今日得此奇遇那情景越發難看了鳳姐兒說道你快去入席去罷看他們拿住了罰你的酒賈瑞聽了身上已木了半邊慢慢的走着一面回過頭來看鳳姐兒故意的把脚放遲了見他去遠了心裡暗忖道這纔是知人知面不知心呢那裡有這樣禽獸的人他果如此幾時叫他死在我手裡他纔知道我的手段于是鳳姐兒方移步前來將轉過了一重山坡兒見兩三個婆子慌慌張張的走來見鳳姐兒笑道我們奶奶見二奶奶不來急的了不得叫奴才們又來請奶奶來了鳳姐兒說你們奶奶就是這樣急脚鬼似的鳳姐兒慢慢的走着問戲文唱了幾齣了那婆子回道唱了八九齣了說話之間已到天香樓後門見寶玉和一羣丫頭小子們那裡頑呢鳳姐兒說寶兄弟別忒淘氣了一個丫頭說道太太們都在樓上坐着呢請奶奶就從這邊上去罷鳳姐兒聽了款步提衣上了樓尤氏已在樓梯口等着尤氏笑道你們娘兒兩個忒好了見了面捨不得來了你明日搬來和他同住罷你坐下我先敬你一鍾于是鳳姐兒至那夫人王夫人前告坐尤氏拿戲单來讓鳳姐兒點戲鳳姐兒說

太太們在上如何敢點邢夫人王夫人說道我們和親家太太點了好幾齣了你點幾齣好的我們聽鳳姐兒立起身來答應了接過戲单來從頭一看點了一齣還魂一齣談詞遞過戲单來說現在唱的這雙官誥完了再唱這兩齣也就是時候了王夫人道可不是呢也該趁早叫你哥哥嫂子歇歇他們心裡又不靜尤氏說道太太們又不是常來的娘兒們多坐一會子去纔有趣天氣還早呢鳳姐兒立起身來望樓下一看說爺們都往那裡去了傍邉一個婆子道爺們纔到凝曦軒帶了十番那裡吃酒去了鳳姐兒道在這裡不便宜背地裡又不知幹什麼去了尤氏笑道那裡都像你這麼正經人呢于是說說笑笑點的戲都唱完了方纔徹下酒席擺上飯來吃畢大家纔出園子來到上房坐下吃了茶纔叫預備車向尤氏的母親告了辞尤氏率同衆姬妾並家人媳婦們送出來賈珍率領衆子姪在車傍侍立都等候着見了邢王二夫人說道二位嬸子明日還過來逛逛王夫人道罷了我們今兒整坐了一日也乏了明日也要歇歇于是都上車去了賈瑞猶不住拿眼看着鳳姐兒賈珍進去後李貴纔拉過馬來寶玉騎上隨了王夫人去了這裡賈珍同一家子的弟兄子姪吃過飯方大家散了次日仍是衆族人等鬧了一日不必細說此後鳳姐不時親自來看秦氏秦氏也有幾日好些也有幾日又些賈珍尤氏賈蓉好不焦心且說

賈瑞到榮府來了幾次偏都值鳳姐兒往寧府去了這年正是十一月三十日冬至到交節的那幾日賈母王夫人鳳姐兒日日差人去看秦氏回來的人都說這幾日未見添病也未見甚好王夫人向賈母說這個症候遇着這樣節氣不添病就有指望了賈母說可是呢好個孩子若有個長短豈不叫人疼死說着一陣心酸向鳳姐兒說道你們娘兒們好了一塲明日大初一過了明日你再看看他去你細細的瞧瞧他的光景倘或好些兒你回來告訴我那孩子素日愛吃什麼你也常叫人送些給他鳳姐兒一一答應了到初二日吃了早飯來到寧府裡看見秦氏光景雖未添甚病但那臉上身上的肉都瘦乾了于是



和秦氏坐了半日說了些閑話又將這病無妨的話開導了一番秦氏道好不好春天就知道了如今現過了冬至又沒怎麼樣或者好的了也未可知嬸子回老太太太太放心罷昨日老太太賞的那棗泥餡的山藥糕我到吃了兩塊倒像剋化的動的是的鳳姐兒道明日再給你送來我到你婆婆那裡瞧瞧就要赶着回去回老太太話去秦氏道嬸子替我請老太太太太的安罷鳳姐兒答應着就出來了到了尤氏上房坐下尤氏道你冷眼瞧媳婦是怎麼樣鳳姐兒低了半日頭說道這個就沒法兒了你也該將一應的後事給他料理料理冲一冲也好尤氏道我也暗暗的叫人預備了就是那件東西不得好木頭且

慢慢的辦着呢于是鳳姐兒吃了茶說了一會子話兒說道我要快些囘去囘老太太的話去呢尤氏道你可緩緩的說別唬着老人家鳳姐兒道我知道於是鳳姐兒就囘來了到家中見了賈母說蓉哥媳婦請老太太安給老太太磕頭說他好些了求老祖宗放心罷他再略好些還給老祖宗磕頭請安來呢賈母道你看他是怎麼樣鳳姐兒說暫且無妨精神還好呢賈母聽了沉吟了半日因向鳳姐說你換換衣服歇歇去罷鳳姐兒答應着出來見過了王夫人到了家中平兒將烘的家常衣服給鳳姐兒換了鳳姐兒方坐下問家中没有什麼事麼平兒方端了茶來遞了過去說道没有什麼事就是那三百兩銀子的



利銀旺兒媳婦送進來我收了再有瑞大爺使人來打聽奶奶在家没有他要來請安說話鳳姐兒聽了哼了一聲說道這畜生合該作死看他來了怎麼樣平兒囘道這瑞大爺是爲什麼只管來鳳姐兒遂將九月裡在寧府園子裡遇見他的光景他說的話都告訴了平兒平兒說道癩蝦蟆想吃天鵝肉没人倫的混賬東西起這樣念頭叫他不得好死鳳姐兒道等他來了我自有道理不知賈瑞來時作何光景且聽下囘分解

紅樓夢第十一回終

# 紅樓夢第十二回

王熙鳳毒設相思局　賈天祥正照風月鑑

話說鳳姐正與平兒說話只見有人回說瑞大爺來了鳳姐命請進來罷賈瑞見請心中暗喜見了鳳姐滿面陪笑連連問好鳳姐兒也假意殷勤讓坐讓茶賈瑞見鳳姐如此打扮越發酥倒因餳了眼問道二哥哥怎麼還不回來鳳姐道不知什麼緣故賈瑞笑道別是路上有人絆住了腳捨不得回來了鳳姐道可知男人家見一個愛一個也是有的賈瑞笑道嫂子這話錯了我就不是這樣鳳姐笑道像你這樣的人能有幾個呢十個裡也挑不出一個來賈瑞聽了喜的抓耳撓腮又道嫂子天天



也悶的狠鳳姐道正是呢只盼個人來說話解解悶兒賈瑞笑道我倒天天閒着若天天過來替嫂子解解悶兒可好麼鳳姐笑道你哄我呢你那裡肯往我這裡來賈瑞道我在嫂子面前若有一句謊話天打雷劈只因素日聞得人說嫂子是個利害人在你跟前一點也錯不得所以唬住了我如今見嫂子是個有說有笑極疼人的我怎麼不來死了也情愿鳳姐笑道果然你是個明白人比賈蓉兄弟兩個強遠了我看他那樣清秀只當他們心裡明白誰知竟是兩個糊塗虫一點不知人心賈瑞聽了這話越發撞在心坎兒上由不得又往前凑了一凑覷着眼看鳳姐的荷包又問戴着什麼戒指鳳姐悄悄的道放尊重

些别叫丫頭們看見了賈瑞如聽綸音佛語一般忙往後退鳳姐笑道你該去了賈瑞道我再坐一坐兒好狠心的嫂子鳳姐兒又悄悄的道大天白日人來人往你就在這裡也不方便你且去等到晚上起了更你來悄悄的在西邊穿堂兒等我賈瑞聽了如得珍寶忙問道你别哄我但是那裡人過的多怎麽好躲呢鳳姐道你只放心我把上夜的小厮們都放了假兩邊門一關再没别人了賈瑞聽了喜之不盡忙忙的告辭而去心內以為得手盼到晚上果然黑地裡摸入榮府趁掩門時鑽入穿堂果見漆黑無一人來往往賈母那邊去的門已倒鎖只有向東的門未關賈瑞側耳聽着半日不見人來忽聽咯噔一聲



東邊的門也關上了賈瑞急的也不敢則聲只得悄悄出來將門撼了撼關得鐵桶一般此時要出去亦不能了南北俱是大墻要跳也無攀援這屋內又是過門風空落落的現是臘月天氣夜又長朔風凛凛侵肌裂骨一夜幾乎不曾凍死好容易盼到早辰只見一個老婆子先將東門開了進來去叫西門賈瑞瞅他背着臉一溜煙抱了肩跑出來幸而天氣尚早人都未起從後門一徑跑回家去原來賈瑞父母早亡只有他祖父代儒教養那代儒素日教訓最嚴不許賈瑞多走一步生怕他在外吃酒賭錢有悞學業今忽見他一夜不歸只料定他在外非飲即賭嫖娼宿妓那裡想到這段公案因此氣了一夜賈瑞也捻

着一把汗少不得回來撒謊只說往舅舅家去的天黑了留我住了一夜代儒道自來出門非稟我不敢擅出如何昨日私自去了據此也該打何况是撒謊因此發狠按倒打了三四十板還不許吃飯令他跪在院內讀文章定要補出十天工課來方罷賈瑞先凍一夜又遭了打且餓着肚子跪在風地裡讀文章其苦萬狀此時賈瑞邪心未改再想不到鳳姐捉弄他過了兩日得了空仍來找尋鳳姐鳳姐故意抱怨他失信賈瑞急的賭咒發誓鳳姐因他自投羅網少不得再尋別計令他知改故又約他道今日晚上你別在那裡了你在我這房後小過道裡那間空屋裡等我可別冒撞了賈瑞道果真鳳姐道誰來哄你你不信就別來賈瑞道來來來死也要來鳳姐道這會子你先去罷賈瑞料定晚間必妥此時先去了鳳姐在這裡便點兵派將設下圈套那賈瑞只盼不到晚上偏生家裡親戚又來了直吃了晚飯纔去那天已有掌燈時分又等他祖父安歇方溜進榮府直往那夾道中屋子裡來等着熱鍋上螞蟻一般只是左等不見人影右聽也沒聲響心中害怕不住猜疑道別是又不來了又凍一夜不成正自胡猜只見黑魆魆的來了一個人賈瑞便意定是鳳姐不管皂白等那人剛至面前便如餓虎撲食猫兒捕鼠的一般抱住叫道親嫂子等死我了說着抱到屋裡炕上就親嘴扯褲子滿口裡親爹親娘的亂叫起來那人只不做

聲賈瑞扯了自已的褲子硬帮帮就想頂入忽見燈光一閃只
見賈薔舉着個蠟台照道誰在屋裡只見炕上那人笑道瑞大
叔要肏我呢賈瑞一見却是賈蓉直臊得無地可入不知怎樣
纔好回身就要跑脫被賈薔一把揪住道别走如今璉二嬸已
經告到太太跟前說你調戲他他暫用了脫身計哄你在那邊
等着太太氣死過去因此叫我來拿你快跟我去見太太賈
瑞聽了魂不附体只說好姪兒你只說沒有我我明日重重的
謝你賈薔道放你不值什麽只不知你謝我多少况且口說無
凴寫一文契來賈瑞道這如何落紙呢賈薔道這也不妨寫一
個賭錢輸了外人賬目借頭家銀若干兩便罷賈瑞道這也容
易賈薔翻身出來紙筆現成拿來命賈瑞寫他兩個做好做歹
只寫了五十兩銀子畫了押賈薔收起來然後撕擄賈蓉賈蓉
先咬定牙不依只說明日告訴族中的人評評理賈瑞急的至
於叩頭賈薔做好做歹的也寫了一張五十兩欠契纔罷賈薔
又道如今要放你我就擔着不是老太太那邊的門早已關了
老爺正在廳上看南京來的東西那一條路定難過去如今只
好走後門若這一走倘或遇見了人連我也不好等我先要探
探再來領你這屋裡你還藏不住少時就來堆東西等我尋個
地方說畢拉着賈瑞仍息了燈出至院外摸着大台階底下說
道這窩兒裡好只蹲着别哼一聲等我來再走說畢二人去了

賈瑞此時身不由已只得蹲在那臺堦下正要盤算只聽頭頂上一聲响啯喇喇一淨桶尿糞從上面直潑下來可巧澆了他一身一頭賈瑞掌不住噯喲一聲忙又掩住口不敢聲張滿頭滿臉皆是尿屎渾身氷冷打戰只見賈薔跑來叫快走快走賈瑞方得了命三步兩步從後門跑到家中天已三更只得叫開了門家人見他這般光景問是怎麼了少不得撒謊說天黑了失脚掉在茅廝裡了一面即到自已房中更衣洗濯心下方想到鳳姐頑他因此發一回狠再想想鳳姐的模樣兒標緻又恨不得一時摟在懷裡胡思亂想一夜不曾合眼自此雖想鳳姐只不敢往榮府去了賈蓉等兩個常常來索銀子他又怕祖父



知道正是相思尚且難禁況又添了債務日間工課又緊他二十來歲人尚未娶親邇來想着鳳姐不得到手未免有些指頭兒告了消乏更兼兩回凍惱奔波因此三五下裡夾攻不覺就得了一病心內發膨脹口內無滋味脚下如綿眼中似醋黑夜作燒白日常倦下溺遺精嗽痰帶血諸如此症不上一年都添全了于是不能支持一頭跌倒合上眼還只夢魂顛倒滿口說胡話驚怖異常百般請醫療治諸如肉桂附子鼈甲麦冬玉竹等藥吃了有幾十斤下去也不見個動靜倏又臘盡春回這病更又沉重代儒也着了忙各處請醫療治皆不見效因後來吃獨參湯代儒如何有這力量只得往榮府裡來尋王夫人命鳳

姐秤二兩給他鳳姐回說前兒新近替老太太配了藥那整的太太又說留着送楊提督的太太配藥偏偏昨兒我已着人送了去了王夫人道就是偺們這邊沒了你打發個人往那邊你婆婆處問問或是你珍大哥哥那裡有尋些來湊着給人家吃好了救人一命也是你們的好處鳳姐應了也不遣人去尋只將些渣末湊了幾錢命人送去只說太太送來的再也沒了然後向王夫人只說都尋了來共湊了有二兩送去那賈瑞此時要命心急無藥不吃只是白花錢不見效忽然這日有個跛足道人來化齋口稱專治冤業之症賈瑞偏生在內聽了直着聲叫喊說快去請進那位菩薩來救命一面在枕頭上叩首衆人



只得帶了那道士進來賈瑞一把拉住連叫菩薩救我那道士嘆道你這病非藥可醫我有個寶貝與你你天天此看時命可保矣說畢從搭連中取出正反面皆可照人的鏡背上面鏨着風月寶鑑四字遞與賈瑞道這物出自太虛元境空靈殿上警幻仙子所製專治邪思妄動之症有濟世保生之功所以帶他到世上來单與那些聰明傑俊風雅王孫等看照千萬不可照正面只照他的背面要緊要緊三日後吾來收取管叫他好了話畢徜徉而去衆人苦留不住賈瑞接了鏡子想道這道士倒有意思我何不照一照試試想畢拿起風月寶鑑來向反面一照只見一個髑髏立在裡面唬得賈瑞連忙掩了罵道士混賬

如何唬我我倒再照照正面是什麽想着便將正面一照只見鳳姐站在裡面點手兒叫他賈瑞心中一喜蕩悠悠覺得進了鏡子與鳳姐雲雨一番鳳姐仍送他出來到了床上噯喲了一聲一睜眼鏡子從新又掉過來仍是反面立着一個骷髏賈瑞自覺汗津津的底下已遺了一灘精心中到底不足又翻過正面來只見鳳姐還招手叫他他又進去如此三四次到了這次剛要出鏡子來只見兩個人走來拿鉄鎖把他套住拉了就走賈瑞叫道讓我拿了鏡子再走只說這句就再不能說話了旁邊伏侍的人只見他先還拿着鏡子照落下來仍睜開眼拾在手內末後鏡子掉下來便不動了衆人上來看看已嚥了氣身



子底下氷凉漬濕一大灘精這纔忙着穿衣抬床代儒夫婦哭的死去活來大罵道士是何妖鏡若不毀此鏡遺害人世不小遂命架火來燒只聽空中叫道誰教你們瞧正面了的你們自已以假為真為何燒我此鏡忽見那鏡從空中飛出代儒出門看時只見還是那個疲足道人喊道誰毀風月寶鑑說着搶了鏡子眼看着他飄然去了當下代儒料理喪事各處去報三日起經七日發引寄靈鐵檻寺日後帶回原籍一時賈家衆人齊來弔問榮府賈赦贈銀二十兩賈政也是二十兩寧府賈珍亦有二十兩其餘族中人貧富不一或一二兩三四兩不等外又有各同窗家中分資也湊了二三十兩代儒家道雖然淡薄得

此幫助到也豐豐富富完了此事誰知這年冬底林如海因為身染重疾寫書來特接林黛玉回去賈母聽了未免又加憂悶只得忙忙的打點黛玉起身寶玉大不自在爭奈父女之情也不好攔阻于是賈母定要賈璉送他去仍叫帶回來一應土儀盤費不消繁絮說自然要妥貼作速擇了日期賈璉與林黛玉辭別了同人帶領僕從登舟往揚州去了要知端的且聽下回分解




紅樓夢第十二回終

# 紅樓夢第十三回

秦可卿死封龍禁尉　王熙鳳協理寧國府

話說鳳姐兒自賈璉送黛玉往揚州去後心中實在無趣每到晚間不過同平兒說笑一回就胡亂睡了這日夜間正和平兒燈下擁爐倦繡早命濃薰繡被二人睡下屈指筭行程該到何處不知不覺巳交三鼓平兒巳睡熟了鳳姐方覺睡眼微矇恍惚只見秦氏從外走進來含笑說道嬸嬸好睡我今日回去你也不送我一程因娘兒們素日相好我捨不得嬸嬸故來別你一別還有一件心愿未了非告訴嬸嬸別人未必中用鳳姐聽了恍惚問道有何心愿只管托我就是了秦氏道嬸嬸你是個



脂粉隊裡的英雄連那些束帶頂冠的男子也不能過你你如何連兩句俗語也不曉得常言月滿則虧水滿則溢又道是登高必跌重如今我們家赫赫揚揚巳將百載一日倘或樂極生悲若應了那句樹倒猢猻散的俗語豈不虛稱了一世詩書舊族了鳳姐聽了此話心胸不快十分敬畏忙問道這話慮的極是但有何法可以永保無虞秦氏冷笑道嬸嬸好癡也否極泰來榮辱自古週而復始豈人力所能保常的但如今能于榮時籌畫下將來衰時的世業亦可以常永保全了卽如今日諸事俱妥只有兩件未妥若把此事如此一行則後日可保永全了鳳姐便問何事秦氏道目今祖塋雖四時祭祀只是無一定的

錢粮第二家塋雖立無一定的供給依我想來如今盛時固不缺祭祀供給但將來敗落之時此二項有何出處莫若依我定見趂今日富貴將祖塋附近多置田庄房舍地畝以備祭祀供給之費皆出自此處將家塾亦設于此合同族中長幼大家定了則例日後按房掌管這一年的地畝錢糧祭祀供給之事如此週流又無爭競也沒有典賣諸弊便是有罪已物可入官這祭祀產業連官也不入的便敗落下來子孫回家讀書務農也有個退步祭祀又可永繼若目今以為榮華不絕不思後日終非長策眼見不日又有一件非常喜事真是烈火烹油鮮花着錦之盛要知道也不過是瞬息的繁華一時的歡樂萬不可忘了那盛筵不散的俗語若不早為後慮只恐後悔無益了鳳姐忙問有何喜事秦氏道天機不可洩漏只是我與嬸嬸好了一場臨別贈你兩句話須要記着因念道

三春去後諸芳盡　各自須尋各自門

鳳姐還欲問時只聽二門上傳事雲板連叩四下正是喪音將鳳姐驚醒人回東府蓉大奶奶沒了鳳姐嚇一身冷汗出了一回神只得忙穿衣往王夫人處來彼時合家皆知無不納悶都有些傷心那長一輩的想他素日孝順平輩的想他素日和睦親密下一輩的想他素日的慈愛以及家中僕從老小想他素日憐貧惜賤愛老慈幼之恩莫不悲號痛哭閑言少叙却說寶

玉因近日林黛玉回去剩得自已落单也不和人頑耍每到晚間便索然睡了如今從夢中聽見說秦氏死了連忙翻身爬起來只覺心中似戳了一刀的不覺哇的一聲直奔出一口血來襲人等慌慌忙忙上來扶着問是怎麼樣的又要回賈母去請大夫寶玉道不用忙不相干這是急火攻心血不歸經說着便爬起來要衣服換了來見賈母即時要過去襲人見他如此心中雖放不下又不敢攔阻只得由他罷了賈母見他要去因說纔嚥氣的人那裡不乾凈二則夜裡風大等明早再去不遲寶玉那裡肯依賈母命人備車多派跟從人役擁護前來一直到了寧國府前只見府門大開兩邊燈火照如白晝亂烘烘人來人往裡面哭聲搖山振岳寶玉下了車忙忙奔至停灵之室痛哭一番然後見過尤氏誰知尤氏正犯了胃疼舊症睡在床上然後又出來見賈珍彼時賈代儒代修賈敕賈效賈敦賈赦賈政賈琮賈瑞賈珩賈珖賈琛賈瓊賈璘賈薔賈菖賈菱賈芸賈芹賈蓁賈萍賈藻賈蘅賈芬賈芳賈藍賈菌賈芝等都來了賈珍哭的淚人一般正和賈代儒等說道合家大小遠親近友誰不知我這媳婦比兒子還强十倍如今伸腿去了可見這長房內絕滅無人了說着又哭起來衆人忙勸道人已辭世哭也無益且商議如何料理要緊賈珍拍手道如何料理不過儘我所有罷了正說着只見秦業秦鐘並尤氏的幾個眷屬尤氏姊妹

也都來了賈珍便命賈瓊賈琛賈璘賈薔四個人去陪客一面吩咐去請欽天監陰陽司來擇日擇准停靈七七四十九日三日後開喪送訃聞這四十九日单請一百零八僧衆在大廳上拜大悲懺超度前亡後化鬼魂另設一壇于天香樓上是九十九位全眞道士打十九日解冤洗業醮然後停靈于會芳園中靈前另外五十衆高僧五十位高道對擅按七作好事那賈敬聞得長孫媳死了因自爲早晚就要飛昇如何肯又回家染了紅塵將前功盡棄故此並不在意只憑賈珍料理且說賈珍恣意奢華看板時幾副杉木板皆不中意可巧薛蟠來弔因見賈珍尋好板便說我們木店裡有一付板叫作什麼檣木出在潢



海鉄網山上作了棺材萬年不壞這還是當年先父帶來的原係義忠親王老千歲要的因他壞了事就不曾用現在還封在店裡也没有人買得起你若是要就來看看賈珍聽說甚喜即命抬來大家看時只見幫底皆厚八寸紋若檳榔味若檀麝以手扣之聲如玉石大家稱奇賈珍笑問道價值幾何薛蟠笑道拿着一千兩銀子只怕没買處什麼價不價賞他們幾兩銀子作工錢便是了賈珍聽說忙謝不盡即命解鋸造成賈政因勸道此物恐非常人可享殮以上等杉木也罷了賈珍如何肯聽忽又聽見秦氏之丫鬟名喚瑞珠的見秦氏死了也觸柱而亡此事可罕合族都稱嘆賈珍遂以孫女之禮殯殮之一並停靈

于會芳園之登仙閣又有小丫鬟名寶珠的因秦氏無出乃愿爲義女請任摔喪駕靈之任賈珍甚喜卽時傳命從此皆呼寶珠爲小姐那寶珠按未嫁女之禮在靈前哀哀欲絕于是合族人丁並家下諸人都各遵舊制行事自不得錯亂賈珍因想道賈蓉不過是個黌門監靈旛上寫時不好看便是執事也不多因此心下甚不自在可巧這日正是首七第四日早有大明宮掌宮內監戴權先備了祭禮遣人來次坐了大轎打道鳴鑼親來上祭賈珍忙接陪讓坐至逗蜂軒獻茶賈珍心中早打定了主意因而趂便就說要與賈蓉捐個前程的話戴權會意因笑道想是爲喪禮上風光些賈珍忙道老內相所見不差戴權道



事到凑巧正有個美缺如今三百員龍禁尉缺了兩員昨兒襄陽侯的兄弟老三來求我現拿了一千五百兩銀子送到我家裡你知道偺們都是老相好不拘怎麼樣看着他爺爺的分上胡亂應了還剩了一個缺誰知永與節度使馮胖子要求與他孩子捐我就沒工夫應他旣是偺們的孩子要捐快寫個履歷來賈珍忙命人寫了一張紅紙履歷來戴權看了上寫着江南應天府江寧縣監生賈蓉年二十歲曾祖原任京營節度使世襲一等神威將軍賈代化祖丙辰科進士賈敬父世襲三品爵威烈將軍賈珍戴權看了回手遞與一個貼身的小厮收了道回去送與戶部堂官老趙說我拜上他起一張五品龍禁尉的

票再給個執照就把這履歷塡上明日我來兌銀子送過去小厮答應了戴權告辭賈珍欵留不住只得送出府門臨上轎賈珍問銀子還是我到部去兌還是送入內相府中戴權道若到部兌你又吃虧了不如平准一千兩銀子送到我家就完了賈珍感謝不盡因說待服滿後親帶大小犬到府叩謝于是作別接着又聽喝道之聲原來是忠靖侯史鼎的夫人來了史湘雲王夫人邢夫人鳳姐等剛迎入正房又見錦鄉侯川寧侯壽山伯三家祭禮也擺在靈前少時三人下轎賈珍接上大廳如此親朋你來我去也不能計數只這四十九日寧國府街上一條白漫漫人來人往花簇簇官來官去賈珍令賈蓉次日換了吉



服領憑回來靈前供用執事等物俱按五品職例靈牌疏上皆寫誥授賈門秦氏宜人之靈位會芳園臨街大門洞開兩邊起了樂鼓廳兩班青衣按時奏樂一對對執事擺的刀斬斧截更有兩面硃紅銷金大牌竪在門外上面大書道防護內廷紫禁道御前侍衛龍禁尉對面高起着宣壇僧道對壇榜上大書世襲寧國公冢孫婦防護內廷御前侍衛龍禁尉賈門秦氏宜人之喪四大部州至中之地奉天永建太平之國總理虛無寂靜教門僧錄司正堂萬虛總理元始正一教門道紀司正堂葉生等敬謹修齋朝天叩佛以及恭請諸伽藍揭諦功曹等神聖恩普錫神威遠振四十九日銷災洗業平安水陸道場等語亦不

及繁記只是賈珍雖然心意滿足但裡面尤氏又犯了舊疾不能料理事務惟恐各誥命來往虧了禮數怕人笑話因此心中不自在當下正憂慮時因寶玉在側便問道事事都算妥貼了大哥哥還愁什麼賈珍便將裡面無人的話告訴了他寶玉聽說笑道這有何難我荐一個人與你權理這一個月的事管保妥當賈珍忙問是誰寶玉見坐間還有許多親友不便明言走向賈珍耳邊說了兩句賈珍聽了喜不自勝笑這果然妥貼如今就去說着拉了寶玉辭了衆人便往上房裡來可巧這日非正經日期親友來的少裡面不過幾位近親堂客邢夫人王夫人鳳姐並合族中的內眷陪坐聞人報大爺進來了唬的衆婆



娘唿的一聲往後藏之不迭獨鳳姐欵欵站了起來賈珍此時也有些病症在身二則過于悲痛因拄個拐踱了進來邢夫人等因說道你身上不好又連日事多該歇歇纔是又進來做什麼賈珍一面拄拐扎掙着要蹲身跪下請安道乏邢夫人等忙叫寶玉攙住命人挪椅子與他坐賈珍不肯坐因勉強陪笑道姪兒進來有一件事要求二位嬸嬸并大妹妹邢夫人等忙問什麼事賈珍忙忙道嬸嬸自然知道如今孫子媳婦沒了姪兒媳婦又病倒我看裡頭着實不成體統要屈尊大妹妹一個月在這裡料理料理我就放心了邢夫人笑道原來為這個你大妹妹現在你二嬸嬸家只和你二嬸嬸說就是了王夫人忙道

他一個小孩子何曾經過這些事倘或料理不清反叫人笑話倒是再煩別人好賈珍笑道嬸嬸的意思姪兒猜着了是怕大妹妹勞苦了若說料理不開從小兒大妹妹頑笑時就有殺伐决斷如今出了閣在那府裡辦事越發歷練老成了我想了這幾日除了大妹妹再無人可求了嬸嬸不看姪兒與姪兒媳婦面上只看死的分上罷說着流下淚來王夫人心中怕的是鳳姐未經過喪事怕他料理不起被人見笑今見賈珍苦苦的說心中已活了幾分却又眼看着鳳姐出神那鳳姐素日最喜攬事好賣弄能幹今見賈珍如此央他心中早已允了又見王夫人有活動之意便向王夫人道大哥說得如此懇切太太就依



了罷王夫人悄悄的問道你可能麼鳳姐道有什麼不能筭外面的大事已經大哥哥料理清了不過是裡面照管照管便是我有不知的問太太就是了王夫人見說得有理便不出聲賈珍見鳳姐允了又陪笑道也管不得許多了橫竪要求大妹妹辛苦辛苦我這裡先與大妹妹行禮等完了事我再到那府裡去謝說着就作揖下去鳳姐連忙還禮不迭賈珍便命人取了寧國府對牌來命寶玉送與鳳姐說道妹妹愛怎麼就怎麼樣辦要什麼只管拿這個取去也不必問我只求別存心替我省錢要好看為上二則也同那府裡一樣待人纔好不要存心怕人抱怨只這兩件外我再沒不放心的了鳳姐不敢就接牌只

看着王夫人王夫人道你哥既這麼說你就照看照看罷了只是別自作主意有了事打發人問你哥哥嫂子一聲兒要緊寶玉早向賈珍手裡接過對牌來強遞與鳳姐了又問妹妹還是住在這裡還是天天來呢若是天天來越發辛苦了我這裡赶着收拾出一個院落來妹妹住過這幾日倒安穩鳳姐笑說不用那邊也離不得我倒是天天來的好賈珍說也罷然後又說了一回閒話方纔出去一時女眷散後王夫人因問鳳姐你今兒怎麼樣鳳姐道太太只管請回去我須得先理出一個頭緒來纔回去得呢王夫人聽說便先同邢夫人回去不在話下這裡鳳姐來至三間一所抱厦來坐了因想頭一件是人口



混雜遺失東西二件事無專管臨期推委三件需用過費濫支冒領四件任無大小苦樂不均五件家人豪縱有臉者不能服鈐束無臉者不能上進此五件實是寧府中風俗不知鳳姐如何處治且聽下回分解

紅樓夢第十三回終

# 紅樓夢第十四回

林如海捐館揚州城　賈寶玉路謁北靜王

話說寧國府中都總管來陞聞知裡面委請了鳳姐因傳齊同事人等說道如今請了西府裡璉二奶奶管理內事倘或他來支取東西或是說話須要小心伺候每日大家早來晚散寧可辛苦這一個月過後再歇息不要把老臉面丟了那是個有名的烈貨臉酸心硬一時惱了不認人的衆人都道有理又有一個笑道論理我們裡面也該得他來整治整治都忒不像了正說着只見來旺媳婦拿了對牌來領呈文經榜紙劄票上開着數目衆人連忙讓坐倒茶一面命人按數取紙來旺抱着同來旺媳婦一路來至儀門方交與來旺媳婦自己抱進去了鳳姐即命彩明定造册簿即時傳了來陞媳婦要家口花名册查看又限明日一早傳齊家人媳婦進府聽差大概點了一點數目单册問了來陞媳婦幾句話便坐車回家至次日卯正二刻便過來了那寧國府中婆子媳婦聞得到齊只見鳳姐與來陞媳婦分派衆人執事不敢擅入在窗外打聽聽見鳳姐和來陞媳婦道既託了我我就說不得要討你們嫌了我可比不得你們奶奶好性兒由着你們去再不要說你們這府裡原是這樣的話如今可要依着我行錯我半點兒管不得誰是有臉的誰是沒臉的一例清白處治說罷便分付彩明念花名册按名一個

一個叫進來看視一時看完又分咐道這二十個分作兩班一班十個每日在內单管人客來往倒茶別事不用他們管這二十個也分作兩班每日單管本家親戚茶飯也不管別事這四十個人也分作兩班單在靈前上香添油掛幔守靈供飯供茶隨起舉哀也不管別事這四個人專在內茶房收管盃碟茶器若少了一件四人分賠這四個人單管酒飯器皿少一件也是分賠這八個人单管收祭禮這八個单管各處燈油蠟燭紙劄我總支了來交與你八個人然後按我的定數再往各處去分派這三十個每日輪流各處上夜照管門戶監察火燭打掃地方這下剩的按房屋分開某人守某處某處所有桌椅古玩起至于痰盒撣帚一草一苗或丟或壞就問這看守之人賠補來陞家的每日攬總查看或有偷懶的賭錢吃酒打架拌嘴的立刻來回我你要狥情經我查出三四輩子的老臉就顧不成了如今都有了定規以後那一行亂了只和那一行說話素日跟我的人隨身俱有鐘表不論大小事皆有一定時刻橫竪你們上房裡也有時辰鐘卯正二刻我來點卯巳正吃早飯凡有領牌回事的只在午初二刻戍初燒過黃昏紙我親到各處查一遍回來上夜的交明鑰匙第二日仍是卯正二刻過來說不得偺們大家辛苦這幾日罷事完了你們大爺自然賞你們的說畢又分付按數發與茶葉油燭雞毛撣子笤箒等物一面又搬

取傢伙桌圍椅搭坐褥氊席痰盒脚踏之類一面交發一面提筆登記某人管某處某人領物件開得十分清楚衆人領了去也都有了投奔不似先時只揀便宜的做剩下苦差没個招攬各房中也不能趂亂迷失東西便是人來客往也都安靜了不比先前紊亂無頭緒一切偷安竊取等弊一概都蠲了鳳姐自巳威重令行心中十分得意因見尤氏犯病賈珍也過于悲哀不大進飲食自巳每日從那府中熬了各樣細粥精美小菜令人送來勸食賈珍也另外分付每日送上等菜到抱厦內单與鳳姐鳳姐不畏勤勞天天按時刻過來點卯理事獨在抱厦內起坐不與衆妯娌合羣便有眷客來往也不迎送這日乃五七



正五日上那應佛僧正開方破獄傳燈照亡參閻君拘都鬼延請地藏王開金橋引幢旛那道士們正伏章申表朝三清叩玉帝禪僧們行香放焰口拜水懺又有十二衆青年尼僧搭綉衣靸紅鞋在靈前黙誦接引諸咒十分熱鬧那鳳姐知道今日人客不少寅正便起來梳洗及收拾完備更衣盥手吃了兩口奶子漱口巳畢正是卯正二刻了來旺媳婦率領衆人伺候巳久鳳姐出至廳前上了車前面一對明角燈上寫榮國府三個大字來至寧府大門首門燈朗掛兩邊一色畫燈照如白晝白汪汪穿孝家人兩行侍立請車至正門上小厮退去衆媳婦上來揭起車簾鳳姐下了車一手扶着豐兒兩個媳婦執着手把燈

照着撮擁鳳姐進來寧府諸媳婦迎着請安鳳姐款步入會芳園中登仙閣靈前一見棺材那眼淚恰似斷線之珠滚將下來院中多少小厮垂手侍立伺候燒紙鳳姐分付一聲供茶燒紙只聽一捧鑼鳴諸樂齊奏早有人端過一張大圈椅來放在靈前鳳姐坐了放聲大哭于是裡外上下男女都接聲嚎哭一時賈珍尤氏令人勸止鳳姐方止住來旺媳婦倒茶嗽口畢鳳姐方起身別了族中諸人自入抱厦來按名查點各項人數俱已到齊只有迎送親客上的一人未到即令傳來那人惶恐鳳姐冷笑道原來是你悞了你比他們有體面所以不聽我的話那人回道小的天天都來的早只有今兒來遲了一步求奶奶饒



過初次正說着只見榮國府中的王興媳婦來在前探頭鳳姐且不發放這人却問王興媳婦來作什麼王興媳婦近前說領牌取線打車轎網絡說着將個帖兒遞上去鳳姐令彩明念道大轎兩頂小轎四頂車四輛共用大小絡子若干根每根用珠兒線若干觔鳳姐聽了數目相合便命彩明登記取榮國對牌擲下王興家的去了鳳姐方欲說話只見榮國府的四個執事人進來都是要支取東西領牌的鳳姐命他們要了帖念過聽了一共四件因指兩件道這個開銷錯了再筭清了來領說着將帖子擲下那二人掃興而去鳳姐因見張材家的在傍因問你有什麼事張材家的忙取帖子回道就是方纔車轎圍做成

領取裁縫工銀若干兩鳳姐聽了收了帖子命彩明登記待王興交過得了買辦的回押相符然後與張材家的去領一面又命念那一件是爲寶玉外書房完竣支領買紙料糊裱鳳姐聽了即命收帖兒登記待張材家的繳清再發鳳姐便說道明兒他也來遲了後兒我也來遲了將來都沒有人了本來要饒你只是我頭一次寬了下次就難管別人了不如開發的好登時放下臉來命帶出去打二十板子衆人見鳳姐動怒不敢怠慢拉出去照數打了進來回覆鳳姐又擲下寧府對牌說與來陞革他一月銀米吩咐散了罷衆人方各自辦事去了那時被打之人亦含羞飲泣而去彼時榮寧兩處領牌交牌人往來不絕



鳳姐又一一開發了於是寧府中人纔知鳳姐利害自此各兢兢業業不敢偷安不在話下如今且說寶玉因見人衆恐秦鍾受了委曲遂同他往鳳姐處坐坐鳳姐正吃飯見他們來了笑道好長腿子快上來罷寶玉道我們偏了鳳姐道在這邊外頭吃的還是那邊吃的寶玉道同那些渾人吃什麼原是那邊我還同老太太吃了來的說着一面歸坐鳳姐飯畢就有寧府一個媳婦來領牌爲支取香燈鳳姐笑道我算着你今兒該來支取想是忘了要終久忘了自然是你包出來都便宜了我那媳婦笑道何嘗不是忘了方纔想起來再遲一步也領不成了說畢領牌而去一登時記交牌秦鍾因笑道你們兩府裏都是這

牌倘别人私造一個支了銀子去怎樣鳳姐笑道依你說都沒王法了寶玉因道怎麽偺們家沒人來領牌子支東西鳳姐道他們來領的時候你還做夢呢我且問你你們多早晚纔念夜書呢寶玉道巴不得今日就念纔好只是他們不快給收拾出書房來也是沒法鳳姐笑道你請我一請包管就快了寶玉道你也不中用他們該做到那裡的時候自然有了鳳姐道就是他們做也得要東西擱不住我不給對牌是難的寶玉聽說便猴向鳳姐身上立刻要牌說好姐姐給他們牌好支東西去收拾鳳姐道我乏的身上生痛還擱的住你這揉搓你放心罷今兒纔領了裱紙糊去了他們該要的還等叫去呢可不傻了寶



玉不信鳳姐便叫彩明查冊子與寶玉看了正鬧着人來回蘇州去的昭兒來了鳳姐急命喚進來昭兒打千兒請安鳳姐便問回來做什麽的昭兒道二爺打發回來的林姑老爺是九月初三巳時沒的二爺帶了林姑娘同送林姑爺的靈到蘇州大約赶年底就回來二爺打發小的來報個信請安討老太太示下還瞧瞧奶奶家裡好叫把大毛衣服帶幾件去鳳姐道你見過別人了沒有昭兒道都見過了說畢連忙退出鳳姐向寶玉笑道你林妹妹可在偺們家住長了寶玉道了不得想來這幾日他不知哭的怎樣呢說着蹙眉長嘆鳳姐見昭兒回來因當着人不及細問賈璉心中自是記罣待要回去奈事未了畢少

不得耐到晚上回來復命昭兒進來細問一路平安信息連夜打點大毛衣服和平兒親自檢點包裹再細細追想所需何物一並包裹交付昭兒又細細吩咐昭兒在外好生小心伏侍不要惹你二爺生氣時時勸他少吃酒別勾引他認得混賬女人回來打折你的腿赶亂完了天已四更睡下不覺早又天明忙梳洗過寧府來那賈珍因見發引日近親自坐車帶了陰陽司吏往鉄檻寺來踏看寄靈所在又一一囑咐住持色空好生預備新鮮陳設多請名僧以備接靈使用色空忙備晚齋賈珍也無心茶飯因天晚不及進城竟在凈室胡亂歇了一夜次日早便進城來料理出殯之事一面又派人先往鐵檻寺連夜另外



修飾停靈之處並厨茶等項接靈人口鳳姐見日期有限也預先逐細分派料理一面又派榮府中車轎人從跟王夫人送殯又顧自已送殯去占下處目今正值繕國公誥命亡故王邢二夫人又去打祭送殯西安郡王妃華誕送壽禮鎮國公誥命生了長男預備賀禮又有胞兄王仁連家眷回南一面寫家信禀叩父母並帶往之物又有迎春染疾每日請醫服藥看醫生啟帖症源藥案各事冗雜亦難盡述又兼發引在邇因此忙得鳳姐茶飯無心坐臥不寧剛到了寧府榮府的人跟着既回到榮府寧府的人又跟着鳳姐雖然如此之忙只因素性好勝惟恐落人褒貶故費盡精神籌畫得十分整齊於是合族中上下無

不稱歎這日伴宿之夕裡面兩班小戲並耍百戲的與親朋等伴宿尤氏猶卧於內室一切張羅款待獨是鳳姐一人周全承應合族中雖有許多妯娌也有羞口羞脚的也有不慣見人的也有懼貴怯官的種種之類俱不及鳳姐舉止大雅言語典則因此也不把眾人放在眼裡揮霍指示任其所爲旁若無人一夜中燈明火彩客送官迎那百般熱鬧自不用說至天明吉時一般六十四名青衣請靈前面銘旌上大書誥封一等寧國公冢孫婦防護內廷紫禁道御前侍衛龍禁尉享強壽賈門秦氏宜人之靈柩一應執事陳設皆係現趕新做出來的一色光彩奪目寶珠自行未嫁女之禮摔喪駕靈十分哀苦那時官客送殯的有鎮國公牛清之孫現襲一等伯牛繼宗理國公柳彪之孫現襲一等子柳芳齊國公陳翼之孫世襲三品威鎮將軍陳瑞文治國公馬魁之孫世襲三品威遠將軍馬尚修國公侯曉明之孫世襲一等子侯孝康繕國公誥命亡故其孫石光珠守孝不得來這六家與榮寧二家當日所稱八公的便是餘者更有南安郡王之孫西寧郡王之孫忠靖侯史鼎平原侯之孫世襲二等男蔣子寧定城侯之孫世襲二等男兼京營游擊謝鯤襄陽侯之孫世襲二等男戚建輝景田侯之孫五城兵馬司裘良餘者錦鄉伯公子韓奇神武將軍公子馮紫英陳也俊衛若蘭等諸王孫公子不可枚數堂客也共有十來頂大轎三四十

頂小轎連家下大小轎車輛不下百餘十乘連前面各色執事陳設百耍浩浩蕩蕩一帶擺三四里遠走不多時路上彩棚高搭設席張筵和音奏樂俱是各家路祭第一棚是東平王府的祭第二棚是南安郡王的祭第三棚是西寧郡王的祭第四棚便是北靜郡王的祭原來這四王當日惟北靜王功最高及今子孫猶襲王爵現今北靜王世榮年未弱冠生得美秀異常情性謙和近今寧國府冢孫婦告殂因想當日彼此祖父有相與之情同難同榮未以異姓相視因此不以王位自居上日也曾探喪上祭如今又設路奠命麾下各官在此伺候自己五更入朝公事一畢便換了素服坐大轎鳴鑼張傘而來至棚前落轎



手下各官兩旁擁侍軍民人衆不得喧嘩一時只見寧府大殯浩浩蕩蕩壓地銀山一般從北而至早有寧府開路傳事人等報與賈珍賈珍急命前面駐禮同賈赦賈政三人連忙迎來以國禮相見世榮在轎內欠身含笑答禮仍以世交稱呼接待并不自大賈珍道犬婦之喪累蒙郡駕下臨廕生輩何以克當世榮笑道世交至誼何出此言遂回頭令長府官主祭代奠賈赦等一旁還禮復親身來謝恩世榮十分謙遜因問賈政道那一位是啣玉而誕者久欲得一見為快今日一定在此何不請來賈政忙退下命寶玉更衣領他前來謁見那寶玉素聞得世榮是個賢王且才貌俱全風流跌宕不為官俗國體所縛每思相

會只是父親拘束不克如願今見反來叫他自是歡喜一面走
一面瞥見那世榮坐在轎內好個儀表不知近前又是怎様且
聽下回分解



紅樓夢第十四回終

王鳳姐弄權鐵寺　秦鯨卿得趣饅頭庵

話說寶玉舉目見北靜王世榮頭上戴着爭白簪纓銀翅王帽穿着江牙海水五爪龍白蟒袍繫着碧玉紅鞓帶面如美玉目似明星真好秀麗人物寶玉忙搶上來參見世榮忙從轎內伸手挽住見寶玉戴着束髮銀冠勒着雙龍出海抹額穿着白蟒箭袖圍着攢珠銀帶面若春花目如點漆世榮笑道名不虛傳果然如寶似玉問啣的那寶貝在那裡寶玉見問連忙從衣內取出遞與世榮世榮細細看了又念了那上頭的字因問果靈驗否賈政忙道雖如此說只是未曾試過世榮一面極口稱奇



一面理順絲縧親自與寶玉帶上又携手問寶玉幾歲現讀何書寶玉一一答應世榮見他語言清朗談吐有致一面又向賈政笑道令郎真乃龍駒鳳雛非小王在世翁前唐突將來雛鳳清于老鳳聲未可諒也賈政陪笑道犬子豈敢謬承金獎賴藩郡餘禎果如所言亦廕生輩之幸矣世榮又道只是一件令郎如此資質想老太夫人輩自然鍾愛極矣但吾輩後生甚不宜溺愛溺愛則未免荒失了學業昔小王曾蹈此轍想令郎亦未必不如是也若令郎在家難以用功不妨常到寒第小王雖不才却多蒙海內衆名士凡至都者未有不垂青目是以寒第高人頗聚令郎常去談談會會則學問可以日進矣賈政忙躬身

答道是世榮又將腕上一串念珠卸下來遞與寶玉道今日初會倉卒無敬賀之物此係聖上所賜蕶苓香念珠一串權爲賀敬之禮寶玉連忙接了回身奉與賈政賈政與寶玉一齊謝過了于是賈赦賈珍等一齊上來請回輿世榮道逝者已登仙界非碌碌你我塵寰中人也小王雖上叨天恩虛邀郡襲豈可越仙輀而進也賈赦等見執意不從只得告辭謝恩回來命手下人掩樂停音將殯過完方讓世榮過去不在話下且說寧府送殯一路熱鬧非常剛至城門又有賈赦賈政賈珍等諸同寅屬下各家祭棚接祭一一的謝過然後出城竟奔鐵檻寺大路而來彼時賈珍帶賈蓉來到諸長輩前讓坐轎上馬因而賈赦一



輩的各自上了車轎賈珍一輩的也將要上馬鳳姐因記罣着寶玉怕他在郊外縱性不服家人的話賈政管不着惟恐有閃失因此命小廝來喚他寶玉只得到他車前鳳姐笑道好兄弟你是個尊貴人同女孩兒一般人品別學他們猴在馬上下來偺們姐兒兩個同車豈不好麼寶玉聽說便下了馬爬上鳳姐車內二人說笑前進不一時只見那邊兩騎馬直奔鳳姐車下馬扶車回道這裡有下處奶奶請歇歇更衣鳳姐命請王邢二夫人示下那二人回說太太們說不歇了叫奶奶自便鳳姐便命歇歇再走小廝帶着轅馬岔入人羣往北而來寶玉在車急命請秦相公那時秦鍾正騎着馬隨他父親的轎忽見寶玉的

小厮跑來請他去打尖秦鍾遠看這寶玉所騎的馬搭着鞍籠隨着鳳姐的車往北而去便知寶玉同鳳姐一車自已也帶馬赶上來同入一庄門內那庄農人家無多房舍婦女無處迴避那些村姑庄婦見了鳳姐寶玉秦鍾的人品衣服幾疑天人下降鳳姐進入茅屋先命寶玉等出去頑頑寶玉會意因同秦鍾帶了小厮們各處遊玩凡庄家動用之物俱不曾見過的寶玉見了都以為奇不知何名何用小厮中有知道的一一告訴了名目並其用處寶玉聽了因點頭道怪道古人詩上說誰知盤中飱粒粒皆辛苦正為此也一面說一面又到一間房內見炕上有個紡車越發以為稀奇小厮們又告以紡線織布之用寶



玉便上炕搖轉作耍只見一個村妝丫頭約有十七八歲走來說道別弄壞了衆小厮忙喝住了寶玉也住了手說道我因不曾見過所以試一試頑兒那丫頭道你們不會我轉給你瞧秦鍾暗拉寶玉道此鄉大有意趣寶玉推他道再胡說我就打了說着只見那丫頭紡起線來果然好看忽聽那邊老婆子叫道二丫頭快過來那丫頭丟了紡車一徑去了寶玉悵然無趣只見鳳姐打發人來叫他兩個進去鳳姐洗了手換了衣服問他換不換寶玉道不換也就罷了僕婦們端上茶食菓品來又倒上香茶來鳳姐等吃過茶待他們收拾完備便起身上車外面旺兒預備賞封賞了那庄戶人家那庄婦人等來謝賞寶玉留

心看時並不見紡線之女走不多遠却見這二丫頭懷裡抱了個小孩子想是他的兄弟同着幾個小女孩子說笑而來寶玉情不自禁然身在車上只得以目相送一時電捲風馳回頭已無踪跡了說笑間忽已赶上大殯早又前面法鼓金鐃幢幡寶蓋鐵檻寺中僧衆已列路旁少時到了寺中另演佛事重設香壇安靈于內殿偏室之中寳珠安理寢室爲伴外面賈珍欵待一應親友也有擾飯的也有就告辭的一一謝過乏從公侯伯子男一起一起的散至未末方散盡了裡面的堂客皆是鳳姐陪件接待先從誥命散起也到晌午方散完了只有幾個近親本族等做過三日道場方去呢那時那王二夫人知鳳姐必不



能回家便要進城王夫人要帶了寶玉同去寶玉乍到郊外那裡肯回去只要跟鳳姐住着王夫人只得交與鳳姐而去原來這鐵檻寺是寧榮二公當日修造的現今還有香火地畝以備京中老了人口在此停靈其中陰陽兩宅俱是預備妥貼的好爲送靈人口寄居不想如今後人繁盛其中貧富不一或情性參商有那家艱難安分的便住在這裡了有那有錢勢尙排塲的只說這裡不方便一定另外或村庄或尼菴尋個下處爲事畢宴退之所即今秦氏之喪族中諸人皆權在鉄檻寺下榻獨鳳姐嫌不方便因遣人來和饅頭菴的姑子净虛說了騰出兩間房子來做下處原來這饅頭菴就是水月寺因他廟裡做的

饅頭好就起了這個渾號離鐵檻寺不遠當下和尚工課已完奠過晚茶賈珍便命賈蓉請鳳姐歇息鳳姐見還有幾個妯娌陪着女親自已便辭了衆人帶了寶玉秦鍾往水月庵來原來秦業年邁多病不能在此只命秦鍾等待安靈罷那秦鍾只跟着鳳姐寶玉一時到了水月庵淨虛帶領智善智能兩個徒弟出來迎接大家見過鳳姐等至淨室更衣淨手畢因見智能兒越發長高了模樣兒越發出息了因說道你們師徒怎麼這些日子也不往我們那裡去淨虛道可是這幾日都沒工夫因胡老爺府裡產了公子太太送了十兩銀子來這裡叫請幾位師父念三日血盆經忙的沒個空兒就沒來請奶奶的安不言老



尼陪着鳳姐且說秦鍾寶玉二人正在殿上頑耍因見智能過來寶玉笑道能兒來了秦鍾說理那東西作什麼寶玉笑道你別弄鬼那一日在老太太房裡一個人沒有你摟着他作什麼這會子還哄我秦鍾笑道這可是沒有的話寶玉道有沒有也不管你你只叫住他倒碗茶來我吃就丟開手秦鍾笑道這又奇了你叫他倒去還怕他不倒何必要我說呢寶玉道我叫他倒的是無情意的不及你叫他倒的是有情意的秦鍾只得說道能兒倒碗茶來那能兒自幼在榮府走動無人不識常與寶玉秦鍾頑笑如今長大了漸知風月便看上了秦鍾人物風流那秦鍾也愛他妍媚二人雖未上手却已情投意合了智能走

去倒了茶來秦鍾笑說給我寶玉又叫給我智能兒抿嘴笑道一碗茶也爭難道我手上有蜜寶玉先搶得了喝着方要問話只見智善來叫智能去擺菓碟子一時來請他兩個去吃茶菓他兩個那裡吃這些東西略坐一坐仍出來頑耍鳳姐也略坐片時便回至淨室歇息老尼相送此時衆婆娘媳婦見無事都陸續散了自去歇息跟前不過幾個心腹小婢老尼便趁機說道我有一事要到府裡求太太先請奶奶一個示下鳳姐問何事老尼道阿彌陀佛只因當日我先在長安縣善才菴內出家的時節那時有個施主姓張是大財主他有個女兒小名金哥那年都往我廟裡來進香不想遇見了長安府太爺的小舅子李衙內那李衙內一心看上要娶金哥打發人來求親不想金哥已受了原任長安守備的公子的聘定張家若退親又怕守備不依因此說已有了人家誰知李公子執意要娶他女兒張家正無計策兩處爲難不料守備家一知此信也不問青紅皂白便來作踐辱駡說一個女兒許幾家人家偏不許退定禮就打官司告狀起來那家急了只得着人上京來尋門路賭氣偏要退定禮我想如今長安節度雲老爺與府上相契可以求太太與老爺說聲發一封書求雲老爺和那守備說一聲不怕他不依若是肯行張家連傾家孝順也都情願鳳姐聽了笑道這事到不大只是太太再不管這樣的事老尼道太太不管奶奶

可以主張了鳳姐笑道我也不等銀子使也不做這樣的事淨虛聽了打去妄想半晌嘆道雖如此說只是張家已知我來求府裡如今不管這事張家不知道沒工夫管這事不希罕他的謝禮到像府裡連這點子手段也沒有的一般鳳姐聽了這話便發了興頭說道你是素日知道我的從來不信什麼陰司地獄報應的憑是什麼事我說要行就行你叫他拿三千兩銀子來我就替他出這口氣老尼聽說喜之不勝忙說有有這個不難鳳姐又道我比不得他們扯篷拉牽的圖銀子這三千兩銀子不過是給打發去說的小廝們作盤纏使他賺幾個辛苦錢我一個錢也不要便是三萬兩我此刻還拿的出來老尼忙答



應道既如此奶奶明日就開恩也罷了鳳姐道你瞧瞧我忙得那一處少了我既應了你自然快快的了結老尼道這點子事在別人跟前就忙的不知怎麼樣若是奶奶跟前再添上些也不勾奶奶一發揮的只是俗語說的能者多勞太太見奶奶大小事都妥貼越發都推給奶奶了奶奶也要保重貴體才是一路奉承的話鳳姐越發受用也不顧勞乏更攀談起來誰想秦鍾趂黑晚無人來尋智能剛至後面房中只見智能獨在那裡洗茶碗秦鍾便摟着親嘴智能急的跺脚說做什麼就要叫喚秦鍾道好人我已急死了你今兒再不依我我就死在這裡智能道你想怎麼樣除非等我出這牢坑離了這些人纔好呢秦

鍾道這也容易只是遠水救不得近火說着一口吹了燈滿屋漆黑將智能抱到炕上就雲雨起來那智能百般掙挫不起又不好叫的少不得依的正在得趣只見一人進來將他二人按住也不出聲他二人唬得魂飛魄喪倒是那人嗤的一聲笑了方知是寶玉秦鍾連忙起來抱怨道這算什麽寶玉道你倒不依咱們就叫喊起來羞得智能趁暗中跑了寶玉拉了秦鍾出來道你可還和我強秦鍾笑道好人你只別嚷的衆人知道你要怎樣我都依你寶玉笑道這會子也不用說等一會睡下再細細的算賬一時寬衣安歇的時節鳳姐在裡間秦鍾寶玉在外間滿地下皆是家下婆子打鋪坐更鳳姐因怕通靈玉失落



便等寶玉睡下令人拿來塞在自己枕邊寶玉不知與秦鍾算何賬目未見真切此係疑案不敢纂創一宿無話至次日一早便有賈母王夫人打發了人來看寶玉又命多穿兩件衣服無事寧可回去寶玉那裡肯回去又有秦鍾戀着智能調唆寶玉求鳳姐再住一天鳳姐想了一想喪儀大事雖妥還有些小事未安排可以指此再住一日豈不又在賈珍跟前送了滿情二則又可以完了淨虛的那件事三則順了寶玉的心因有此三益便向寶玉道我的事都完了你要在這裡逛少不得越發辛苦了明兒是一定要走的了寶玉聽說千姐姐萬姐姐的央求只住一日明兒必回去的于是又住了一夜鳳姐便命悄悄將

昨日老尼之事說與來旺兒旺兒心中俱已明白急忙進城找着主文的相公假托賈璉所囑修書一封連夜往長安縣來不過百里之遥兩日工夫俱已妥協那節度使名喚雲光久見賈府之情這些小事豈有不允之理給了回書旺兒回來不在話下說鳳姐等又過了一日次日方别了老尼着他三日後往府裡去討信那秦鍾與智能百般不忍分離背地裡多少幽期密約俱不用細述只得含恨而别鳳姐又到鉄檻寺中照望一番寶珠執意不肯回家賈珍只得派婦女相伴且聽下回分解




紅樓夢第十五回終